Die Gegenwart zeigt uns die Fehler der Vergangenheit,
damit wir die Zukunft besser gestalten.

Die Neugier des Menschen, ist die Triebfeder seines
Handelns.

Was nützt uns ein voller Bauch, wenn die Freiheit des
Geistes Hunger leidet.

Für die Einsicht, in Liebe zu handeln, muß man einen
anstrengenden Weg gehen.

Dietmar Dressel

D1729847

Dietmar Dressel

Skurrile Geschichten und Schicksale

Erzählband

Vorwort

Bei diesen spannenden Geschichten und Erzählungen
werden die Protagonisten mit ihren Erlebnissen – teils
sehr ernsten, schmerzhaften und skurrilen
Handlungen, herausgefordert.
Jede Geschichte gibt einen Einblick in die
verschiedenen Charaktere.
Die Abenteuer, Geschehnisse und Begebenheiten im
täglichen Leben der handelnden Personen, sind auch
ein Spiegelbild unserer Zeit.

Bibliografische Information der Deutschen Nationalbibliothek.
Die Deutsche Nationalbibliothek verzeichnet diese Publikation
in der Deutschen Nationalbibliografie;
detaillierte bibliografische Daten sind im Internet über
http://dnb.d-nb.de abrufbar.

Herstellung und Verlag: BoD - Books and Demand Norderstedt.
Gestaltung: Alexandra und Barbara Dressel
Layout: Kai Hintzer
Printed in Germany
ISBN 978-3-8423-7246-7

Danksagung

Ich danke Alexandra und Barbara für ihre
unermüdliche Geduld bei der Redaktion des
Manuskriptes.
Sie schenkten mir, zusammen mit Kai, Timon und
Nele liebevolle Zuneigung und moralische
Unterstützung.
Isabelle danke ich für ihre geheimnisvolle und
befruchtende Inspiration.

Wie immer sorgte meine Frau Barbara für Kritik,
Beständigkeit, Vertrauen und innige Liebe, für die ich
ihr unendlich dankbar bin.

Inhalt

Schwul - oder normal wie du und ich?

Bernd und Klaus, zwei junge Studenten im fünften Semester an der Universität in München, für den Studienzweig Volkswirtschaft immatrikuliert, sitzen seit einer Stunde in ihrem Stammlokal am Stachus.

„Sag mal, Bernd!"
Versucht Klaus ihr aktuelles Thema aus dem weniger interessanten Fach Mathematik und Statistik auf unterhaltsame Inhalte zu lenken.

„Was denkt sich eigentlich ein erwachsener Mensch in einer verantwortlichen politischen Position, meinetwegen im Bereich - Wirtschaft, Finanzen, Arbeit und Soziales, Außenpolitik oder einem anderen Ressort, wenn er sich als Mann in seinem Liebesverhalten dem Geschlecht der Männer zugehörig fühlt."
„Versteh ich nicht, Klaus, was meinst du damit?"
„Na, wenn er schwul ist!"
„Ach so - und was soll daran so komisch sein? Homosexualität steht doch nicht mehr unter Strafe. Lass sie halt machen, was sie für sich selber so toll empfinden, solange sie mir nicht an die eigene Wäsche gehen, ist mir das so ziemlich wurscht."
„Also, du nun wieder, mal Wäsche hin oder her. Stell dir mal vor, deine Freundin Ivon dreht sich auf den Bauch und fordert dich auf, mit deinem besten Stück die Fäkalien in ihrem Mastdarm mal

für eine Weile festzustampfen.

Entschuldige bitte, ich weiß nicht wie ich das anders ausdrücken soll - also eklig so was, echt eklig - schon allein bei solchen Gedanken wird mir kotzelend."

„Das sehe ich auch so! Auf den Bauch dreh ich Ivon schon mal, aber da gibt es ja Gott sei Dank noch eine andere Gelegenheit in dieser Gegend. Na, das will ich jetzt nicht weiter mit dir diskutieren, es ist ganz sicher nicht die Stelle, wo sich die Kacke bei ihr eingelagert hat.

Ich würde so einem Schwulen auf keinen Fall die Hand geben, wenn ich nicht genau wüsste, dass er sich vorher die Hände gründlich gewaschen hat.

Stell dir mal den Gestank im Bett von zwei Männern vor – igitt, igitt, pfui Deibel - einfach widerlich!

Aber gut, man muß ja solche Schweinereien nicht unbedingt nachmachen."

Während Klaus seine Pizza verspeist, muß Bernd noch ein paar Minuten bei dem Thema verbleiben - es lässt ihn einfach so schnell nicht wieder los.

Einmal angenommen, ein Minister unserer Republik ist schwul, sagt das öffentlich und steht auch dazu.

In seinen öffentlichen Reden, im Bundestag oder über die Presse, lässt er sich in abwertender Weise mal so ganz locker über das gewaltige Heer der so genannten Arbeitsunwilligen unserer deutschen Nation aus. Sie sind im hohen Maße schmarotzerhaft und ein spürbar schwaches Gegenstück zu unseren fleißigen und emsig schaffenden Leistungsträgern.

Würde eigentlich gern mal wissen wollen, was er mit solchen Behauptungen wirklich meint? Oder denkt er bei diesen Moralpredigten überhaupt nicht nach, und labert einfach so drauf los, des Laberns wegen.

Und die im Brustton der Überzeugung geklopften Moralsprüche werden, oder besser, sollen ja vom Volk so verstanden werden, auch wenn er sie, möglicherweise, nur aus polemischen Gründen so daher schreit.

Nimmt man den Inhalt seiner Sprüche näher in Augenschein, ohne sie einer ernsthaften Überlegung zu unterziehen, könnte man schon zu diesem Schluss kommen, ausschließen kann man es zumindest nicht.

Irgendwie klingt das alles auch unsachlich, und sehr dahergeholt. Gegebenenfalls sehen Homosexuelle bestimmte Sachverhalte anders. Zumindest wenn es um das moralische Verhalten von nicht homosexuellen Männern geht.

Oder ist Homosexualität etwas völlig Normales, und so von Gott geschaffen wie Adam und Eva?

Natürlich steht es in unserer parlamentarischen Demokratie jedem frei, mit wem er ins Bett geht. Ob als Mann und Frau, oder Mann und Mann, oder Mann und Schaf. Jeder soll nach seiner Fasson selig werden und in Freiheit sein Leben verbringen dürfen. Oder gibt es dazu ein paar handfeste Fragezeichen?

Ist, um in Freiheit zu leben, alles möglich, und ist den Menschen alles erlaubt?

Nicht alles was wir für angebracht halten, führt ja bekanntermaßen nicht unbedingt zum Guten. Frei handeln zu dürfen, setzt doch erstmal eine freie Willensentscheidung voraus, und das Wissen, dass die Grenzen der Freiheit durch die persönliche Verantwortung begrenzt wird. Nur daraus kann sich doch ein selbstbestimmtes Leben entwickeln, das ohne ein vernünftiges Handeln wohl auf der Strecke bleiben würde.

Das aber kann nur gelingen, wenn der Mensch die äußeren gesellschaftlichen Zustände reflektiert, und mit seiner Vernunft zu objektiv, rationalen Entscheidungen gelangt, an denen er sein pragmatisches Handeln orientiert. Dazu gehört, neben dem Recht auf freie Entfaltung, auch die Konsequenz, scheitern zu können und die Folgen des Versagens auch tragen zu müssen.

Damit das auch so bleibt, hat uns unser demokratisches Grundverständnis, das segensreiche Recht auf freie Meinungsäußerung per Gesetz eingeräumt.

Was für ein großer Schritt nach vorn, um den die meisten Menschen dieser Welt hart, und zum Teil blutig jeden Tag kämpfen müssen.

Wo war ich gedanklich mit Klaus stehen geblieben, ach ja – die Homosexuellen.

Man muss sich einmal vorstellen, was manche Homosexuelle, möglicherweise nicht alle, beim Anblick einer wunderschönen nackten Frau empfinden.

Ekelgefühle, ja Ekelgefühle – unglaublich! Was geht da eigentlich im Kopf eines Homosexuellen vor, wenn bei so einem Anblick in diesem Gehirn diesbezüglich überhaupt etwas vorgeht, was weiß man dazu schon. Beim Anblick eines männlichen Gesäßes hingegen, schwelgen solche Männer, vermutlich nicht alle, in sexuellen Glücksgefühlen. Es gibt ja den einen oder anderen von der Art der homosexuellen Männer, die es nur des lieben Geldes wegen mit anderen Männern treiben, das ist halt so.

Ist der Homosexuelle, allgemein formuliert, nun eine Schwuchtel, oder nicht? Mit den Worten am volkstümlichen Stammtisch argumentiert, schon!

Natürlich ist der Ausdruck – Schwuchtel - in der Öffentlichkeit eine meist saloppe und abwertende, als Schimpfwort verwendete Bezeichnung für Schwule, oder einem sich weiblich benehmenden Mannes.

Selbstverständlich wollen wir nicht die Zeit des Kaiserreiches, oder des Dritten Reiches, bezüglich der Einstellung und des öffentlichen Verhaltens zu homosexuellen Männern schön reden, oder sie wieder herbeireden und im Strafrecht verankern – Gott bewahre - beileibe nicht!

Aber die bewusst, moralisch intonierte Betrachtungs-
weise, arbeitsbedingter Verhaltensweisen bestimmter
arbeitsunwilliger Menschen aus dem Munde eines Po-
litikers, der sich mit seinem besten Stück im Gesäß eines Mannes glückselig fühlt – also - ein heiteres und
befreiendes Lachen kommt bei so einem, zurückhal-
tend formuliert - ungewöhnlichem Verhalten, ganz bestimmt nicht auf.

Eine kaukasische Schulbusfahrt

Was für ein Kauderwelsch kommt ihm da als einzigen Erwachsenen unter einer Rasselbande von jungen Schülerinnen und Schülern im Bus entgegen.

Wenn sie wenigstens russisch sprechen würden, dann könnte man noch etwas von der Plauderei verstehen, grübelt Wolfgang missmutig.

In Abchasien, einer kleinen Region am östlichen Ufer vom Schwarzen Meer, direkt am Fuße des Kaukasus, müsste die Amtssprache eigentlich Russisch sein, sinniert Wolfgang, der einzige Fahrgast aus Bayern leise vor sich hin. Na, wenigsten kann er bei dem lustigen Gewühle der Schulkinder einen Sitzplatz ergattern.

Er muß dringend zum Zahnarzt, und an seinem Urlaubsort, Gutauta, in der Nähe von Sotschi, ist ja allerhand zu finden, nur keine Zahnarztpraxis oder eine Zahnklinik.

Die quälenden Zahnschmerzen werden langsam aber sicher unerträglich, da helfen auch seine Schmerztabletten kaum noch. Vermutlich hat er zu viel von dem leckeren russischen Eis gegessen.

Die Hotelleitung hat ihm erlaubt, mit dem Schulbus zu fahren, damit er in Sotschi, die Adresse von der Zahnarztklinik hat man ihm auch gleich in die Hand gedrückt, von seinen Schmerzen möglicherweise erlöst werden kann

Auf seinem Nebensitz liegt ein Merkblatt in russischer Sprache -
Euer Schulbusfahrer ist der berühmte Panzerfahrer und Held des vaterländischen Krieges:
„Igor Sergejewitch Panich"
Er fährt sehr sicher, hat noch nie einen Unfall verursacht, ist immer pünktlich, trinkt wenig und war noch keinen Tag in seinem Leben krank."
Heute Abend wird er im Kulturraum vom Busbahnhof Sotschi seinen sechzigsten Geburtstag feiern.
Alle Schülerinnen, Schüler und natürlich deren Eltern sind herzlich eingeladen.
Allerdings, so erinnert sich Wolfgang, haben die Götter vor dem Feiern, die dicken Schweißperlen gesetzt.
Und bei dem Straßenzustand, auf dem sich der Schulbus gerade mit einem ziemlichen Karacho durch die kaukasischen Berge bewegt, fällt Wolfgang von einem Schweißausbruch in den anderen - Panzerfahrer und Held des großen vaterländischen Krieges hin oder her.
Er wäre wirklich nicht unglücklich darüber, bei Igors Feier, wenn möglich unverletzt, dabei zu sein, denkt Wolfgang.
Mit großer Verwunderung stellt er fest, dass die Zahnschmerzen scheinbar wie weggeblasen sind, komisch, wirklich sehr komisch.
Für was doch so eine aufregende Busfahrt nützlich sein kann.
Bei einem kurzen Blick durch die Frontscheibe, sieht er, ziemlich weit vorn auf der Straße eine Schafherde,

die mit Sicherheit dort nicht hingehört. Die Straße, die Bezeichnung dafür würde man ihm in Deutschland nicht abnehmen, geht hier beängstigend steil bergab, was dem guten alten Igor Sergejewitch scheinbar eher Freude als Sorge bereitet. Bei so einem Tempo ist es doch unmöglich auf einem Feldweg, Straße ist nicht der richtige Ausdruck dafür, so bergab zu fahren.

Mit einem freundlichen Grinsen zeigt er nach vorn, und meint: „Net Trudnoctei" – keine Schwierigkeit! Das Lachen ist ja noch zu ertragen, aber dass er die Bremsen des Busses nicht benutzt, was in dieser Situation sicherlich besser wäre, führt bei Wolfgang zu einer völligen Verkrampfung seiner Gliedmaßen. Der Abstand zu der Hammelherde - er wird sie doch wohl nicht einfach über den Haufen fahren wollen, ist vielleicht noch fünfzig Meter, mehr auf keinen Fall!

Plötzlich greift Igor Sergejewitch, Wolfgang kann es deutlich sehen, mit seiner rechten Hand zur Handbremse, und reißt sie mit einem Ruck nach oben.

Wolfgang denkt noch so krampfhaft, was soll das denn werden, da dreht sich auch schon der Bus mit beängstigendem Schwanken um seine eigene Hinterachse, schlittert dann quer über die Straße, und bleibt mit seinem Hinterteil seitlich zum Straßenrand stehen.

Ein großes Gejohle und Händeklatschen erfüllt den Bus.

Alle Kinder schreien:

„Igor, tue lucschii woditel awtobuca!" – Igor, du bist der beste Busfahrer!

Igor Sergejewitch lächelt Wolfgang zu, und meint:
„Dlja woditelja Tanka nemnogo! – Für einen Panzerfahrer eine Kleinigkeit!
Wolfgang lächelt ihm zu, lobt seine perfekte Fahrleis-
tung und freut sich, dass auch seine Unterhose keiner
„außerordentlichen" Belastung ausgesetzt wurde.

Igor öffnet die vordere Bustüre, und alle Schulkinder
eilen auf die Straße, als Letzter kommt Wolfgang heraus.
Igor Sergejewitch begutachtet unterdessen den Erfolg
seiner beachtlichen, fahrerischen Leistung.
Wolfgang läuft zum Straßenrand, und schaut in ein
steil abfallendes Tal. Wenn er mal grob rechnet, geht
es hier mindestens sechshundert Meter steil abwärts.
Ein knappes Viertel vom Bus ragt bereits über den
Straßenrand hinaus, und war wohl schon auf dem
Weg talwärts. Scheinbar war es dem Bus dann doch zu
viel, und er blieb vorsichtshalber stehen. Vielleicht lag
es auch an den Fahrkünsten von Igor Sergejewitch.
Wer weiß das alles schon so genau.
Irgendwo müssen meine weich gewordenen Knie sein,
denkt Wolfgang, und wenn es nach seinem Magen
geht, muss er erst einmal wohin, um ihn von seinem
Inhalt zu befreien.
Nach einem kurzen Gespräch zwischen dem Schafhir-
ten und Igor Sergejewitch, trottet die Herde unverletzt
weiter.

Wolfgang wendet sich an Igor Sergejewitch und fragt ihn, wie es nun weiter gehen soll?

Der Schafhirte hat mir gesagt, meint Igor, dass ein vierspänniger Ochsenkarren auf der Straße bergauf unterwegs ist. Die Ochsen würden den Bus ohne Probleme auf die Straße ziehen, und dann geht es ab zur Schule.

Unterwegs an der Zahnklinik würde er ihn absetzen, und nachmittags, so gegen vier Uhr, würde er ihn wieder abholen und, wenn er möchte, wäre er herzlich zur Geburtstagsfeier eingeladen.

Das zu glauben fällt Wolfgang erstmal schwer, aber genau so kam es.

Zwei Stunden später sitzt er auf einem so genannten Zahnarztstuhl, und schaute einer jungen, gut aussehenden Zahnärztin erwartungsvoll in ihre anziehenden braunen Augen. Lächelnd meinte sie, ob er Angst vor einer möglicherweise notwendigen, kleinen Zahnextraktion hat? Nachdem, was er in den letzten Stunden alles erlebt hat, denkt Wolfgang, schon etwas ruhiger, eigentlich nicht. Aber - das behält er schön für sich und erklärte ihr, dass er noch alle Zähne hat und die auch gern, so möglich, noch eine Weile behalten möchte.

Darauf meint sie, für eine Wurzelbehandlung, und das muss wohl mindestens sein, wäre sein Urlaub zu kurz. Sie einigen sich beide auf ein Provisorium, das ihm bis zu seiner Heimreise die Schmerzen ersparen würde.

Die Vorsicht, mit der sie die Behandlung durchführt, ist beachtenswert.

Noch bemerkenswerter ist für ihn, wie sie einerseits mit einem Fuß ein Pedal bewegt, und damit vermutlich den Bohrer in Schwung hält, und gleichzeitig in seinem Mund den kranken Zahn behandelt.

Eine Zahnbohrmaschine mit einem Fußantrieb, so was gibt's doch überhaupt nicht mehr.

Das alles geht an Wolfgang wie ein leichter Nebelfetzen vorbei.

Mit seinem Kopf liegt er weich am großen Busen der Ärztin, was seine Gedanken verständlicherweise mit andern Dingen beschäftigt, nur nicht mit seinem beschädigten Zahn. Eine Stunden später steht Wolfgang ohne Zahnschmerzen auf der Straße, und wartet geduldig auf den berühmten Panzerfahrer und Held des großen vaterländischen Krieges, Igor Sergejewitch Panich mit seinem Schulbus.

Du sollst nicht töten, oder doch?

Nicht mal Straßenlaternen leuchten in diesem arm-
seligen Kaff, dass sich auch noch irakische Großstadt
nennt. Allein möchte ich hier nicht auf Streife gehen.
Dem Himmel sei dank, wir sind wenigstens ein sechs-
köpfiges Streifenkommando, denkt Nicolas, Soldat der
US Armee, beruhigt.
Für Ruhe und Ordnung sollen sie hier sorgen, dass ich
nicht lache – wie denn? Schimpft er völlig frustriert
vor sich hin.
An jeder Ecke, hinter jedem Haus, Baum - ach was -
ist doch völlig egal - überall lauern diese Terroristen –
na, jedenfalls nennen wir sie so.

Plötzlich, eine heftige Explosion, der Nachthimmel
über der Stadt wird taghell erleuchtet. Ganz in der Nähe muss eine Mine mit großer Sprengkraft explo-
diert sein.
Markerschütternde Schmerzensschreie und Hilferufe
gellen uns entgegen. Ein anderer Trupp unserer Einheit muss wohl in einen Hinterhalt geraten sein.
Über Funk erhalten wir den Befehl, dieser Einheit sofort zu helfen.
Im grellen Licht seiner Taschenlampe, erkennt Nicolas einen riesigen Krater. Die Bilder, die sich ihm
bieten, erinnern ihn an die übelsten Horrorfilme und
Computerspiele die er je gesehen hat. Uniformfetzen,
Arme, Beine mit Stiefel und Stiefel ohne Beine, Stahl-

helme mit und ohne Kopf, zerfetzte und aufgerissene Körper und jede Menge Blut - es ist zum kotzen!!!

Im wahrsten Sinne des Wortes.

Ständig werden Befehle geschrieen, es herrscht ein absolute Chaos.

Das Schlimmste beim Anblick derartig schrecklicher Bilder sind die entsetzlichen Schreie der lebenden, aber schwer verletzten Soldaten und Zivilisten und die Angst, was wohl als nächstes passieren wird.

Nicolas hält sich krampfhaft an seinem Gewehr fest, und hofft, sich einfach wegzaubern zu können, sowie das halt in Filmen manchmal zu sehen ist, und auch prima klappt

„Sofort alle Häuser durchsuchen, und auf alles schießen was sich bewegt, wenn notwendig, massiver Einsatz mit Flammenwerfern."

Schreit irgendein Vorgesetzter.

Nicolas kennt sich damit aus, er muss ja so eine Waffe auf seinem Rücken mitschleppen, und wie auch immer, gegen diese Terroristen einsetzen. Manchmal sind auch Frauen, alte Leute und Kinder dabei, aber was soll's – ich habe ja ganz bestimmt diesen Krieg nicht angezettelt, denkt Nicolas frustriert. Unsere Vorgesetzten nennen das „nicht vermeidbare Kollateralschäden".

Irgendwie ist das alles für ihn sowieso schwer zu verstehen. Züchtigungen von Schülerinnen und Schülern ist zwar bei ihm zu Hause in Texas erlaubt. Töten - also Mord, Totschlag und fahrlässige Tötung - wird streng bestraft, das ist ganz sicher. Und wenn es ganz schlimm kommt, gibt es dafür auch noch die Todesstrafe. Nicht mal unser Gouverneur darf, im Gegensatz zu anderen Bundesstaaten, die Häftlinge in Eigenregie begnadigen. Eine Begnadigung durch den Gouverneur ist nur möglich, wenn der texanische Begnadigungsausschuss – „Texas Board of Pardons and Paroles" - eine Begnadigung empfiehlt.

Ich kann mir schon den einen oder anderen Menschen in meiner Heimatstadt San Antonio vorstellen, um den es nicht schade wäre, jedenfalls weniger als manche Leute, die ich hier mit einem Flammenwerfer töte.

Wenn ich hier in meiner Heimatstadt gegen bösartige Menschen so vorgehe , wie ich das hier im Irak jeden Tag mache, denkt Nicolas, lande ich ganz sicher im Gefängnis, oder auf dem elektrischen Stuhl.

Töte ich hier als Soldat Frauen, alte Leute und Kinder, dann ist das halt so – basta!

Warum bringt man eigentlich einen Menschen um? Erschieße ich als Soldat in Uniform im Irak Menschen auf Befehl, erhalte ich, möglicherweise, eine Auszeichnung. Ohne Befehl, hat das sehr unangenehme Konsequenzen für mich. So richtig nachvollziehen und verstehen können das wohl nur Politiker.

Die Pistole in der ausgestreckten Hand, stürmt unser Truppführer los und brüllt:

„Für jeden Getöteten von uns, holen wir uns zehn von diesen Aufrührern."

Gott sei Dank, die Nacht ist zu Ende, und wir sind wieder in unserem Lager. Blutverschmiert, körperlich fix und fertig, fallen wir auf unsere Matratzen und sind augenblicklich in einer anderen Welt.

Abendappell - stille Minuten für die Toten - tröstende Worte für die Verletzten, und wohlklingende Worte – wie: Sonderurlaub – für die Helden der Nacht. Ich weiß zwar nicht warum, aber ich gehöre zu den Ausgezeichneten, und darf drei Wochen nach Hause zu meiner Frau, denkt Nicolas erleichtert. Was für ein glücklicher Tag für ihn – na ja – an die vergangene Nacht darf er halt nicht denken – am besten wird sein, er vergisst die schrecklichen Bilder schnell, so er kann.

Endlich in der Heimat gelandet. Irgendwie ist die Luft in Texas ganz anders – wohltuend und friedlicher.

„Hallo Ellen, ich habe dich sehr vermisst. Du fehlst mir sehr!!!

Komm, fahren wir nach Hause, und genießen die wenigen Tage, die ich bei dir sein kann."

„Ja, Nicolas, mein Chef hat mir zehn Tage frei gegeben. Ich muss nur morgen im Büro noch einige Akten abarbeiten und danach gehöre ich nur dir. So, jetzt aber schnell nach Hause."

Zügig fahren beide zu ihrem Haus, und verschwinden erstmal im Schlafzimmer.

„Wie soll ich mich nach so einer Nacht von

dir loseisen können, noch einen dicken Kuss
du Wüstling – bis heute Abend."
„Ich werde es aushalten, es sind ja nur ein
paar Stunden, dann bist du wieder zu Hause.
Weißt du was, Ellen, unser Kontostand ist
nicht so übel, wir könnten eine Woche nach
Miami fliegen und tanzen, baden, essen und,
und, und!"
„Prima Nicolas – ich freu mich – bis heute
Abend."
Ruft Ellen, und winkt mit ihrer Hand zum Abschied
Nicolas einen Kuss zu.

Wo bleibt sie nur, es ist schon spät, na ich werde mich
mal auf den Weg machen. Ellen benutzt bestimmt die
Abkürzung durch den Park, vielleicht treffe ich sie auf
dem Weg dorthin.
Sprachs, zieht sich seine Jacke an und macht sich auf
die berühmten Strümpfe.

Was für eine tolle grüne Lunge ist doch unser großer
Stadtpark für uns Menschen, und das bei unseren hei-
ßen Tagestemperaturen und knappen Niederschlägen.

Hat da nicht jemand geschrieen, lustig klang das auch
nicht. Der Lautstärke nach zu urteilen, müsste es von
den Büschen drüben am Zaun kommen, besser ich sehe mal nach.
Ellen!!! Nein - oh Gott nein, Ellen!

Mit dem Rücken zu Nicolas gewandt, kniet ein halb-nackter Mann auf Ellens Unterleib, und sticht mit einem Messer wie ein Besessener ständig in ihren Oberkörper.

Wie in Trance suchen Nicolas Hände etwas Hartes am Boden, und ertasten dabei einen größeren Stein. Was dann folgt ist wie im Krieg, nur mit anderen Folgen für ihn.

Kräftige Hände zerren ihn hoch, und schleppen ihn zu einem Polizeiauto.

Sechs Monate später sitzt er in einem Gerichtssaal. Noch immer ist in seinem Kopf das Bild des Mannes mit dem Messer auf seiner Frau kniend verankert. Er kann sich bemühen wie er will, die Szene aus seinem Gedächtnis zu drängen – sie bleibt.

Seine Hände sind in Handschellen gefesselt. Neben ihm sitzt ein älterer Mann im schwarzen Anzug und nickt ihm zu. Er erfährt von ihm, dass er als Rechtsbeistand vom Gericht zugeordnet wurde.

Die Worte von ihm kommen wie aus einer Nebelwand an sein Ohr, und sollen ihn wohl trösten.

„Was soll ich eigentlich hier? Ich habe, soweit kann ich mich erinnern, auf einen Mann mit einem Stein eingeschlagen, der mit einem Messer auf meine Frau einstach. Was soll ich denn in so einer Situation anderes machen?

Dem Mann gut zureden, damit er aufhört?"
„So einfach ist die Rechtslage nicht, der
Staatsanwalt wirft ihnen vor, dass die
brutalen Schläge auf den Täter unange-
messen und unmenschlich waren. Wir leben
hier in Texas in einer zivilisierten Welt, wo
man nicht einfach Leute erschlägt, so
schrecklich und schmerzhaft die Situation
auch für sie sei. Ellen wurde durch den Täter
mit mehrfachen Messerstichen in den Brust-
bereich getötet. Es sei ausschließlich Sache
des Gerichts, den Beschuldigten wegen Tot-
schlags und Vergewaltigung, entsprechend
der Rechtssprechung zur Verantwortung zu
ziehen. Das in der Öffentlichkeit viel disku-
tierte „Castle Law" würde es ihnen nicht er-
lauben, das Leben anderer Menschen mit
Gewalt ein Ende zu setzen. Auch wenn moralische Gründe noch so sehr dafür sprechen."
„Ich werde also hinter Gitter landen, oder wie
sehen sie als mein Rechtsbeistand die Rechtslage?"
„Ja, eine Verurteilung auf Bewährung wird bei
dieser Sachlage nicht zur Anwendung kommen. Das Strafmaß wird vermutlich auf neun
Jahre Gefängnis ohne Bewährung festgelegt."
„Als mein Verteidiger frage ich sie, wie soll ich
das in meinem Kopf und in meinem Herzen
auf die Reihe kriegen? Meine Frau wurde auf

brutale Weise missbraucht und getötet, ich
werde dafür, dass ich sie schützen wollte, in
Unehren aus der Armee entlassen und muss
für neun Jahre ins Gefängnis. Als Soldat habe ich
im Irak eine Menge Menschen, darunter auch
Zivilisten mit einem Flammenwerfer abgefackelt,
was für die Betroffenen sehr schlimm war, man
konnte es an den schrecklichen Schreien hören.
Dafür bekam ich Auszeichnungen.
Nach meiner Entlassung, wenn ich sie über-
leben sollte, werde ich körperlich und geistig
ein Wrack sein – finden sie das richtig?"

„Nein! Ganz sicher nicht - aber so ist die Rechtslage,
und ethische Gesichtspunkte darf man dabei nicht
heranziehen."

Der verzogene Sohn

Wo bleibt er heute nur so lang. Seit geschlagenen zwei Stunden warte ich auf meinen Sohn Peter.

Ach, da kommt er ja mit seinem schnellen Flitzer. Möchte bloß wissen, wie man sich in dem Alter schon so ein teures Auto leisten kann und überhaupt, wo hat er nur das viele Geld her?

„Guten Morgen, Mama, entschuldige bitte, ich musste gestern bis spät in die Nacht arbeiten, und kam heute früh nicht so schnell aus den Federn."
„Ist ja schon gut, Peter, hast du wenigstens was gegessen?"
„Nein, Mama, keine Zeit!"
„Ja, ja die liebe Zeit. Wie heißt das so schön: Zeit ist Geld -
Komm, setz dich zu deiner Mutter, ich muss dringend mit dir über Geld reden, und zwar konkret über das von mir und deinem Vater."
„Muss das jetzt sein, ein Kunde wartet auf mich."
„Ja, das muss sein! Papa und ich bekamen von der Bank eine Saldoaufstellung über unsere Geldanlage bei einer amerikanischen Groß-bank - du erinnerst dich bestimmt an deine Bemühungen, genau bei dieser und keiner

anderen unser Geld zu investieren. Du darfst
mal raten, was von unserem Geld, oder etwas
genauer, von unserer Altersversorgung übrig
geblieben ist?"

„Sowie ihr das damals bei der Bank, mit den sehr
guten Konditionen abgeschlossen habt, müsste sich
die Geldanlage eigentlich fast verdoppelt haben."

„Ich weiß nicht, für wen die sehr guten Konditionen
gedacht waren, für uns jedenfalls nicht.

Unser Kontostand ist, um das einmal mathematisch
auszudrücken, bei Null gelandet."

„Aber Mama, ich werde doch meine Eltern nicht in
ein dubioses Anlagenabenteuer stürzen, was denkst
du von mir?"

„So viel weiß ich inzwischen, mein lieber Sohn,
bei dieser Bank gab es für die vermittelten
Geldanlagen die saftigsten Provisionen. Lüg mich
also nicht an, Peter!

Es ist ungeheuerlich! Du hast vermutlich auch
viele deiner Kunden ins Unglück gestürzt, nur
um ordentlich Geld zu verdienen. Das mag man
als Eltern ja noch hinnehmen müssen.

Aber, dass du mit deiner eigenen Mutter und
deinen eigenem Vater Geld verdient hast in dem
Wissen, dass sie dabei ihr ganzes Vermögen
verlieren können, das schmerzt sehr.

Wie kannst du mir noch in die Augen sehen?
Schämst du dich überhaupt nicht?"

„Aber Mama, woher sollte ich das wissen?"

„Unterbrich mich nicht, und hör auf mir etwas vorzumachen. Schon allein dein Körpergeruch verrät dich. Du riechst erbärmlich schlecht!
Du, der du immer wie geschniegelt und gebügelt, und nach allen aufregenden Düften dieser Welt riechend daher gelaufen kommst.
Es gibt Dinge in dieser Welt, Peter, die macht man nicht, und zwar grundsätzlich nicht.
Dazu gehört auch, dass man nur des eigenen Vorteils wegen, andere Menschen ins Unglück stürzt. Merk dir das! So, und nun wirst du deinen angerichteten Schaden bei uns wieder in Ordnung bringen. Du wirst dein teures Auto verkaufen, für die nächste Zeit auch auf andere Annehmlichkeiten verzichten, und uns das verlorene Geld zurückgeben.
Geh in dich, und fahr ein paar Tage in die Berge!
Wir lieben dich sehr, Peter, aber über ein paar grundsätzliche Änderungen in deinem Verhalten solltest du nachdenken.
Wenn du zurückkommst, werden wir über alles noch mal reden."
„Ja Mama!"

Eine Geheimnisvolle Begegnung

Es ist ein düsterer, gespenstig anmutender Oktoberabend, und Jürgen ist allein zu Hause. Der Hund seines Nachbarn bellt und jault schon die ganze Zeit, als ob ihm ein vermeintlicher Einbrecher buchstäblich auf dem Schwanz steht. Gegen Mitternacht, er hört die Kirchturmuhr zwölf Mal schlagen, gibt der Hund endlich Ruhe. Noch eine Weile wälzt er sich im Bett hin und her, doch so richtig zur Ruhe will Jürgen nicht kommen.

Das alte Haus ächzt und knarrt so ungewöhnlich laut, dass an Schlaf nur sehr schwer zu denken ist. Endlich! Jürgen ist gerade am Einschlafen, als er spürt, sehen kann er es nicht, seine Augen sind ja geschlossen, wie eine ungewöhnliche, warme Helligkeit in seinem Zimmer aufflammt.

Jürgen öffnet sehr langsam und vorsichtig seine Augenlider.

Eingerahmt in einer Leuchterscheinung, erkennt er einen dunklen, seltsamen Schatten mit menschenähnlichen körperlichen Merkmalen.

Die Figur, eingehüllt in ein ungewöhnliches flimmerndes Licht ist sehr dünn, fast wie eine Pfahlfigur. Das Antlitz des Mannes oder der Frau, ein Unterschied ist bei diesem Licht schwer zu erkennen, ist nicht schön, aber die ungewöhnlich ausdrucksstarken Augen geben dem Gesicht eine seltsame Anziehungskraft. Die Augen sind wie ein Magnet, Jürgen kann sich ihnen nicht entziehen. Ein Blick in sie, ist wie das Suchen nach der Unendlichkeit, als tauche er in diese Tiefe ein, und suche einen Halt, vergebens.

Eine geistige, menschlich klingende Stimme unterbricht seine Gedanken.

„Was suchst du in meinen Augen, Jürgen?"

Vorsichtig, aber nicht ängstlich fragt er zurück.

„Wer bist du?"

„Ich bin du!"

„Ach was! Eigentlich bin ich doch ich! Gibt es denn zwei von mir?"

„Müsstest du das eigentlich nicht selbst wissen? Immerhin kommt es vor, zwar nicht allzu oft, aber immerhin, es kommt vor, dass du nach mir suchst, um Antworten auf deine dich bedrängenden Fragen zu finden.

Erinnerst du dich noch an deine Gedanken über die Unendlichkeit des Universums?

Oder an deine interessanten Überlegungen, wie ein menschlicher Körper, tot oder lebendig, jemals bis an die Grenzen des Universums kommen kann, und wenn ja, welche Technik wird dafür gebraucht? Es wäre ja nicht so schlecht zu wissen, was da ist, wohin sich das Universum ausdehnt, und sich dafür seinen Platz schafft.

Und wenn es sich neuen Platz für seine Ausdehnung schafft, von wem nimmt sich das Universum dann den Raum weg?"

„Es stimmt was du von mir sagst, das interessiert mich wirklich brennend."

„Ja, natürlich Jürgen, du weißt ja -
Die Neugier des Menschen, ist die Triebfeder seines Handelns.

Und die Suche nach dem Zweck seines Lebens, muß doch den Menschen auch erfüllen, warum ist er sonst auf der Erde - oder?

Nicht alles ist das, was der Mensch so in seinem Leben macht sinnvoll, wenn er nicht auch nach dem Zweck seiner Existenz fragt."

„Das ist für mich die schwierigste Problemstellung, vor der ich stehe.

Was ist der Zweck unseres Lebens hier auf der Erde, oder sind wir nur ein Zufallsprodukt der Evolution – ich meine, möglich wäre das ja!

Könntest du mir das verraten?"

„Wie sollte ich das, Jürgen, ich bin doch du!

Lassen wir beide dieses Thema noch eine Weile ruhen, Jürgen, bis die Zeit dafür gekommen ist, sich damit wieder zu befassen.

Bleiben wir bei einfacheren Fragen, zum Beispiel, wie in den Science Fiction Filmen oft gezeigt, die Reisen mit überschnellen Raketen in ferne Galaxien.

Stell dir vor, du möchtest schnell mal zum Stern Beteigeuze fliegen, das ist der Hauptstern im Sternbild Orion."

„Kannst du mir bitte sagen, was ich dort soll?"

„Na, jemanden aus deinem Bekanntenkreis besuchen."

„Witzig – wirklich witzig!"

„Jetzt sei halt nicht so ruppig, ich möchte dir mit diesem Beispiel nur etwas praktisch erklären."

„Also gut, erzähle!"

„Die Entfernung zwischen Erde und Orion beträgt ungefähr dreihundertzehn Lichtjahre. In einer Lichtsekunde fliegt man dreihunderttausend Kilometer. Wie viel Kilometer das bei dreihundertzehn Lichtjahren sind, kannst du dir selber ausrechnen. Selbst wenn es bei einer entsprechenden Lebenserwartung und der erforderlichen Technik möglich wäre, was es nicht ist, wie du das in wissenschaftlichen Erkenntnissen auch nachlesen kannst, mit der Geschwindigkeit des Lichtes um die Wette zu fliegen, würden über dreihundert Jahre vergehen, bis du am Orion ankommst. Oder, stell dir vor, es gäbe eine Sprechverbindung zu diesem Stern Beteigeuze, und du möchtest eine Bekanntschaft mit einer jungen Dame dieses Planeten schließen, so es junge Damen auf diesen Planeten geben würde, dann müsste deine Auserwählte mehr als dreihundert Jahre warten, bis deine Wünsche bei ihr ankommen, na, und ihre Antwort zu dir

würde wieder so lange brauchen. Was hältst
du davon?"

„Das ist ja entsetzlich. Wir sind in unserem
Sonnensystem gefangen!"

„Mit dem Körper eines Menschen muss man
das so sehen, ja Jürgen.
Dafür wohnst du auch auf einem wunderbaren
Planeten, und glaub mir, Jürgen, solche Planeten wie die Erde gibt es im Universum nicht
wie Sand am Meer. Bis jetzt habt ihr ja auch,
trotz intensiven Suchens, noch keine andere
Erde gefunden."

„So ein kleiner Ersatzplanet wie die Erde wäre
für uns gar nicht so schlecht."

„Das kann ich mir denken. Ist euer Planet erstmal
aufgegessen, könnt ihr euch nicht einfach mal so
hopp la hopp eine neue Erde backen. Besser ist es
für dich und für alle die auf der Erde leben, einmal
gründlich darüber nachzudenken."

„Ich erinnere mich wieder an meine Überlegungen.
Wenn du schon einmal da bist – oh entschuldige
bitte, hast du einen Namen?

„Sag einfach - ES - zu mir."

„Gut, es stimmt schon was du sagst. Wir Menschen,
mit unseren unersättlichen Körpern, verstehen eben
unter dem Sinn des Lebens hier auf der Erde, in
erster Linie die Erfüllung materieller Bedürfnisse."

„Ja, Jürgen, das sehe ich. Macht ihr euch denn gar
keine Gedanken darüber, dass das für alle Menschen

praktisch nicht machbar ist?

Ein paar kleine Beispiele dazu:

In Andorra, einem kleinen Staat im südlichen Europa, fahren etwa neunhundertsiebenundzwanzig PKW pro tausend Einwohner, in Indien sind es knapp zehn PKW pro tausend Einwohner; oder, in den USA ist der Erdölverbrauch pro Einwohner und pro Tag bei etwa sechsundsechzigkommadrei Barrel, in Kiribati, einem großen Inselstaat im Pazifik ist er bei Nullkommanullsechs Barrel pro Tag und Einwohner. Oder, im Großraum Tokio leben knapp vierundfünfzig Millionen Menschen. Einmal angenommen, jeder Einzelne von ihnen verursacht, wenig gerechnet, ein Kilogramm Abfall pro Tag. Dann sind das vierundfünfzigtausend Tonnen pro Tag oder knapp zwanzig Millionen Tonnen pro Jahr. Um das abzutransportieren benötigt man eine Million LKW mit einer Tragleistung von zwanzig Tonnen – jedes Jahr, Tendenz steigend. Und was ist schon ein Kilo Abfall pro Mensch bei der Erfüllung eurer Lebensziele. Wenn, um deinen Gedanken zu folgen, alle Menschen den Sinn des Lebens so verstehen wollen, wie du ihn geschildert hast, braucht ihr dafür dreieinhalb Mal die Erde, eine reicht dafür nicht mehr aus.

Oder, die Erfüllung der materiellen Bedürfnisse

ist nur für eine kleine Schicht der Menschheit gedacht. Dann bleibt die Frage offen, wer sind diese wenigen Menschen auf eurem schönen Planeten, und wer sucht sie dafür aus?

Was glaubst du Jürgen, was auf Dauer die Überlebenschancen von euch Menschen wahrscheinlicher macht, die Megastädte mit ihrer Verschwendung und den produzierten Abfallbergen, oder das Leben im Einklang mit der Natur?

Ist es nicht viel nützlicher, Jürgen, einmal nicht über den Sinn des Lebens nachzu-denken, sondern sich Gedanken darüber zu machen, warum ihr hier seid? Sicher, es kann auch Zufall sein, möglich ist das schon! Dass ich heute hier bin, und mit dir ein ernsthaftes Gespräch führe, ist ganz sicher kein Zufall."

Die Liebe zweier Herzen

Dieser Morgen ist sonnig und klar. Leicht und beschwingt löst sich mein Herr aus seiner mollig warmen Zudecke und schwingt sich quicklebendig aus seinem Bett. Für mich ist das so was wie eine außerordentlich anstrengende Morgengymnastik. Es ist für ein kleines zartes Herz, wie ich es bin, nicht so einfach aus dem himmlischen Schlaf gerissen zu werden, um sofort mit aller Kraft den notwendigen Lebenssaft in die Transportwege meines Herrn zu pumpen, bloß damit er, hopp la hopp fix aus seinem Bett springen kann. Trotzdem! Ich mag ihn sehr!

Den schrecklichen Traum von vergangener Nacht hat mein Herr gut in einer geistigen Schublade verstaut. Mir ist jetzt noch ganz mulmig davon. Im Traum wollte man ihm sein Herz aus der Brust reißen, also mich – ich darf nicht daran denken.

Guter Dinge, und mit fröhlich sprühenden Gedanken macht sich mein Herr auf die Strümpfe - überhaupt! Ich wüsste nicht, ihn einmal völlig verzweifelt, so wie einen einsamen Schmetterling im Sturm, ohne jede Hoffnung, oder noch schlimmer, depressiv gefühlt zu haben. Die Menschen machen sich überhaupt keine Vorstellung, wie ein Herz unter großen Stimmungsschwankungen leidet und mitfühlt. Und zwar nicht nur unser empfindsames Gemüt. Nein! Es kostet uns auch eine Unmenge Kraft, und so unendlich viel haben wir davon auch nicht. So ein Rauf und Runter, ich glaube mein Herr sagt dazu Stress oder so, macht uns zarte Wesen einfach fix und fertig. Und wenn es überhaupt kein Ende mit dem Stress nehmen will, macht es uns ganz krank.

Es soll doch Menschen geben, die behandeln uns wie den Motor ihres Autos. Wir sind doch keine gefühllose Pumpe! Ganz sicher sind wir das nicht, das muß ich einfach mal loswerden!

Oder Liebeskummer, oh Gott, nein! Eine ganz schlimme Sache für uns einfühlsame Herzen!

Diese Art von Kummer fühlen wir besonders intensiv mit, und wer anders als wir Herzen kann das schon. Ungemein anstrengend, traurig und tränenreich ist das alles. Als Herz können wir ja nicht weinen, aber dafür bluten wir schrecklich.

Was sagen die Menschen, wenn sie etwas Trauriges erleben müssen –

„Mir blutet das Herz!"

Natürlich gibt es für uns Herzen auch wunderschöne Erlebnisse. Zum Beispiel, wenn sich aus dem Liebeskummer ein Liebesglück entwickelt.

Man stelle sich mal eine bunte Wiese vor. Die Sonne strahlt am Himmel, als hätte sie sich für diesen einen Tag besonders schön gemacht. Der betörende Duft der Blumen, das leise zirpen, summen und surren der vielen kleinen Krabbelgeister, und mitten in diesem wunderbaren weichen Fleckchen Wiese, zwei eng aneinander gekuschelte, verliebte Menschen.

Leise flüstern sie sich hingebungsvoll liebevolle Worte zu und genießen die Zweisamkeit. Gut, manches Mal verwandelt sich diese zärtliche Ruhe in ein eigenartiges, wildes Gerangel. Für ein kleines Herz wird es dann ziemlich anstrengend, den notwendigen Lebenssaft dorthin zu pumpen, wo er halt dringend gebraucht wird, aber Gott sei Dank lassen die enormen Anstrengungen nach einer gewissen Zeit wieder nach, und die beiden Verliebten scheinen dann wohl ein wenig zu schlummern.

Dem Himmel sei Dank, die Natur hat uns für das Leben in einem Menschen mit viel Kraft und Geduld, vor allem aber mit einer unendlich großen Liebe zu den Menschen ausgestattet.

Ungeduldige Gedanken geistern im Kopf von Daniel umher, mein Herr heißt nämlich Daniel.

Manchmal sage ich mein Herr, besser gefällt mir aber Daniel! Ah, ich weiß schon was er sucht. Wie so oft findet er seinen Autoschlüssel nicht, selber schuld! Solche Sachen muss er mit seinem Kopf aushandeln, dafür bin ich nicht zuständig. Na, endlich! Soweit ich das fühlen kann, will sich Daniel mit einer gut aussehenden jungen Lady treffen, sie heißt Jenny. Die beiden haben sich vor einer Woche das erste Mal getroffen. Natürlich könnte ich mich ganz vorsichtig einmischen, aber - denke ich, gemach, gemach! In Jenny ist ja auch ein Herz, und das will ich erstmal kennen lernen. In solchen Herzensangelegenheiten kenne ich mich, das kann ich mit Sicherheit sagen, bestens aus, und beeinflussen kann ich es ja immer noch. Das rennt mir ja nicht weg, schließlich bin ich ja ein Herz, und wer anders als wir, hat da so viel Erfahrung in diesen Dingen.

So, wie ich jetzt arbeiten muss, kann Jenny nicht mehr weit weg sein. Ich glaube, die beiden müssen sich schon in den Armen liegen. Anders kann ich mir die leidenschaftlichen Gefühlswellen nicht erklären.

Na, was soll denn das – Daniel!!! Gleich beim zweiten Treffen an eine blühende Wiese denken. Na, das geht mir dann doch etwas zu fix. Ich werde mal den Transportweg in eine gewisse Richtung für den notwendigen Lebenssaft sperren, selber schuld. Alles zu seiner Zeit, mein lieber Daniel! Nicht ganz so schnell mit den jungen Pferden, heute und jetzt nicht, basta!

Ruft da nicht jemand nach mir?

„Hallo! Du! Mit deiner Transportsperre hast du meine Herrin, ich sage Jenny zu ihr, um sinnliche und gefühlvolle Minuten gebracht.

Und dein Daniel ist über die Folgen aus deiner Sperre auch nicht begeistert. So ein Stopp des Lebenssaftes verursacht bei einem Mann, an einem bestimmten Körperteil jegliche Aktivität die er in solchen Minuten dringend braucht, hast du das bedacht? Wie steht er denn bei Jenny jetzt da – und was heißt hier stehen, na du weißt bestimmt was ich meine."

„Ja, und ich weiß was ich tue! Ich bin nicht so für
diese schnellen Sachen, oder wie man das so nennt."
„Ach, und warum nicht?"
„Bei den Menschen gibt es dafür ein Sprichwort:
Ein Quicki am Vormittag, bringt Glück am anderen
Tag."
„Ach nein!"
„Aber ja! Weißt du denn immer ganz genau
was morgen ist? Vielleicht bekommen Jenny
oder Daniel eine schmerzhafte Grippe, oder
noch schlimmere Sachen!
Oder sie haben einen schweren Unfall, was
dann – ha - du Moralapostel?"
„Au backe, was du sagst leuchtet mir ein, ehr-
lich gesagt, das habe ich nicht besonders klug
bedacht.
Also gut, ich hebe die Sperre für den Lebenssaft
in eine gewisse Richtung wieder auf!"
„Solltest du! Hoffentlich ist Daniel nicht ent-
mutigt, und fasst nochmal Schwung für ein
wildes Gerangel mit Jenny, oder wie man als
Herz zu so etwas sagen soll."

Die beiden Verliebten verbringen die nächsten Wochen mit Turteln und Flirten, während meine Herzensfreundin und ich unsere Liebe zueinander ent-
decken. Meine Herzgeliebte will mir heute Abend von
der Arbeit ihrer Herrin erzählen. Sie arbeitet in einem
Krankenhaus, wo Herzensfreunde von uns, die durch

Stress und andere schlimme Dinge, die einige Menschen mit uns machen, von ihrer Krankheit wieder geheilt werden. Ich bin schon ganz aufgeregt, na hoffentlich nimmt mir Daniel meine unruhigen und heftigen Bewegungen nicht krumm. Aber bei verliebten Menschen sind wir Herzen sowieso immer ein wenig außer Rand und Band.

Endlich! Jenny ist im Bett! Gott sei Dank ohne Daniel, der sitzt noch irgendwo rum, sonst wäre es mit der schönen Ruhe für eine Unterhaltung mit meiner Herzensfreundin vorbei.

„Hallo Liebste! Du bist so schweigsam."

„Ja! Lass mir Zeit! Sag nicht Liebste zu mir,
sag Selena, es ist ein sehr schöner Name, und
er gefällt mir ausnehmend gut, und zu dir
sage ich Sieghart, sagst du ja?"

„Ja!"

Was hat Selena?

Es fühlt sich an, als ob sie empfindsame Schmerzen hat. Ich fühle es, Selena weint - sie blutet?

„Hast du schon mal den Begriff Organtransplantation gehört, Sieghart?"

Meldet sich Selena mit leiser, angstvoller Stimme bei ihrem Herzensfreund.

„Nein, Selena! Ganz bestimmt nicht, ich kann mir
darunter auch nichts vorstellen. Die Menschen
machen ja die verrücktesten Sachen, die man sich
als kleines Herz in seinen schlimmsten Träumen
nicht vorstellen kann."

„Nein, Sieghart, nicht – verrückte Sachen.
Selbst der Ausdruck grauenvoll ist dafür zu
harmlos.
Bei einer Organtransplantation wird ein kranker
Mensch einfach mal so, weil man seine Organe
braucht, für tot erklärt, was er ganz sicher nicht ist!"
„Ach nein! Das ist unmöglich!"
„Wieso unmöglich!"
„Weil so eine Erklärung nur ein Arzt abgeben darf,
und der soll ja Menschen vor dem Tod retten.
Sag ich mal - und dann, was passiert dann?"
Kommt es leise und ungläubig von Sieghart.
„Dann, ja dann wird alles was man für kranke,
wenn möglich reiche Menschen alles so ge-
brauchen kann, herausgeschnitten!"
„Das ist nicht wahr – das kann nicht wahr
sein! Bitte, Selena, sag dass das nicht wahr ist!"
„Doch Sieghart, das ist so und nicht anders!
Sie schneiden bei einem lebenden Menschen,
dessen Gehirn nicht mehr richtig funktioniert,
einfach alle brauchbaren Teile heraus.
Die Verantwortlichen, die das machen behaupten
einfach, dass derjenige Kranke, von dem sie
die Organe entnehmen, tot sei - basta!"

„Wenn das wirklich so wäre, dann sind ja seine
Organe auch tot, was aber sollten sie mit toten
Körperteilen anfangen wollen, außer sie zu
beerdigen?

Die Organe müssen leben, und Organe
wiederum können nur leben, wenn der
Mensch, dem sie gehören, lebt, so einfach ist
das!"
„Nein, so einfach ist das nicht Sieghart!
Sie behaupten, das Gehirn ist endgültig
kaputt und rührt sich nicht mehr, obwohl man
ganz genau weiß, dass das nicht wahr ist.
Die Messungen, die das beweisen könnten, werden
vorsorglich unterlassen. Und noch weniger sollen
Hirnteile bei der Untersuchung erfasst sein, die sich
möglicherweise, bei optimalen Bedingungen rege-
nerieren könnten."
„Soviel ich weiß, Selena, arbeiten doch Ärzte in
einem Krankenhaus und keine Unmenschen."
„Was soll ich dir darauf antworten, Sieghart?
Wir zwei sind Herzen, und keine Menschen."
„Ich will das nicht glauben, Selena, das ist ja
furchtbar."
„Es ist für alle Beteiligten, Sieghart, eine sehr,
sehr schwierige Situation.
Schau - ein Mensch wird, unabhängig davon
warum, lebensbedrohend krank. Bei einigen
solcher schlimmen Krankheiten, nicht bei
allen, kann ein Organ eines anderen Mann,
Frau oder Kind diesen Schwerkranken für ei-
nige Jahre das Leben verlängern.
Das Entsetzliche daran ist, dass, um diesen
Patienten zu helfen, ein anderer, gesunder

und nicht alter Mensch sterben muss – die Betonung liegt auf muss. Der Alterstod ist davon ausgeschlossen. Die Organe alter Menschen sind für eine Transplantation ungeeignet, weil alt und verbraucht.

Das ist der Widerspruch für alle, die davon möglicherweise betroffen sind, oder davon betroffen werden können.

Je mehr sich die Menschen bemühen, durch Umsicht, Rücksichtnahme und technischem Fortschritt, wie zum Beispiel beim Umgang mit ihrem Lieblingsspielzeug, dem Auto, umso weniger Menschen müssen, zur Freude ihrer Angehörigen, sterben und bleiben für eine lange Zeit – so Gott will, am Leben. Für schwer kranke Menschen, die auf ein Ersatzorgan dringend angewiesen sind, bedeutet das den Tod.

Versetz dich doch bitte mal in die Lage eines sehr kranken Patienten, der dringend auf ein Organ warten muß damit er leben kann, und damit das auch für ihn möglich ist, in seinem Kopf ständig der Hilferuf kreist:

Hoffentlich verunglückt einer mit seinem Auto, oder fällt vom Gerüst, oder kommt auf irgendeine andere Weise gewaltsam zu tote, damit er ein Organ bekommen kann.

Das ist doch abartig – im hohen Maße abartig!" Diesen Widerspruch kann man nicht lösen, wenn der Schutz des Lebens für alle gelten soll, Sieghart."

„Warum, Selena, lassen die Menschen, wenn die Zeit dafür gekommen ist, den Sterbenden nicht in eine andere Welt gehen?"

„Was soll ich dir darauf antworten, Sieghart.

„Hör auf, Selena! Nein! Sag nichts mehr! Ich kann vor Angst nicht mehr arbeiten. Um Gotteswillen, hör auf damit!"

„Es tut mir leid, Sieghart, aber das ist noch nicht alles, was ich dir dazu sagen muss. Es ist noch viel schlimmer! Stell dir vor, wenn zu wenig solcher Ersatzorgane zur Verfügung stehen, werden Menschenjäger beauftragt, natürlich für Geld, junge gesunde Männer und Frauen von der Straße wegzufangen."

„Ach nein! Und was macht man mit diesen Menschen dann?"

„Sie kommen, ob sie nun wollen oder nicht, auf den so genannten Operationstisch, um alle verwendungsfähigen Organe herauszuschneiden."

"Ich kann nicht glauben was du sagst, Selena, und was geschieht danach?"

„Was heißt danach, Sieghart? Der Rest wird entsorgt, wie ein Tierkadaver.
Weißt du, Sieghart, was ich glaube?"

„Hör auf Selena, ich kann und will nicht mehr darüber nachdenken!"

„Lass mich das noch sagen, Sieghart -
Wo Menschen, natürlich meine ich nicht alle,
sehr viel Geld verdienen können, haben wir
Herzen keinen Platz."

„Ich liebe dich sehr, Selena, und ich möchte
nur mit dir alt werden."
„Ja, Sieghart, ich möchte auch nicht ohne dich
leben, und glaub mir, wir beide werden ganz
alt sterben, ich weiß das. Wer anders als ein
Herz kann das so gut fühlen."

Der Picknickkorb

Inmitten eines malerisch gelegenen Marktplatzes, eingerahmt in einer Altstadtkulisse, ein Supermarkt. Auf einem edlen, nostalgisch anmutenden Verkaufsständer, schlummern zwei formschöne gut aussehende Picknickkörbe.

„Guten Morgen, lieber Nachbar, bist du schon wach?"

„Nanu, höre ich da einen Morgengruß? Ich bin schon einige Zeit wach, und warte sehnsüchtig auf einen Kunden, der mich mitnimmt."

„Du kannst Wilhelm zu mir sagen. Ich bin auch ein Picknickkorb, gefüllt mit süffigen Getränken, und mit delikatem Käse."

„Oh, dass hört sich aber sehr vielversprechend an."

Kommt es verschlafen aus Wilhelms Nachbarschaft.

„Sag Friedhelm zu mir."

„Entschuldige bitte, ich hatte schon Sorge, dich zu früh geweckt zu haben. Ich bin ein zuckersüßer Leckerbissenkorb. Anstatt hier herumzuliegen, könnten wir zwei einigen Menschen köstliche Gaumenfreuden bereiten, an die sie sich bestimmt gern erinnern würden."

„Du, sag mal, Wilhelm, kennst du zufällig das Bild von Édoard Manet : „Le Déjeuner sur l'Herbe?" „Das Frühstück im Grünen". Da ha-

ben wir Picknickkörbe eine super Hauptrolle."
„Ich kenne das Bild, Friedhelm, wie du weißt,
sind wir dort leider nicht allein. Es lag na-
türlich noch so ein „Leckerbissen" im weichen
Gras. Du kennst ja diese nackten „drei B
Typen": „zwei Beine, zwei blaue Augen und
zwei solche … na, du weißt schon was ich
meine. Sehen aus wie zwei Äpfel, jedenfalls so
ungefähr, ob sie auch so schmecken, weiß ich
nicht. Unsere Picknickkorboma erzählte uns
Picknickkorbkindern von so einer grünen
„Baum- und Wiesenidylle," wie auf dem Bild.
Sie nannte sich, glaube ich wenigstens,
„Garten Eden."
Soweit ich mich an Omas Erzählung erinnere,
ist das schon sehr, sehr lange her. Dort sollen
zwei Menschen, mit einem Korb von uns,
überhaupt zum ersten Mal Picknick gemacht
haben.
Irgendwie soll es aber bei einem Versuch geblieben sein, weil der männliche Mensch, er
hieß „Adam," immer auf die zwei Äpfel von
dem „drei B Typ," der Name war „Eva,"
blinzelte. Anstatt nun aus unserem Korb die
Leckerbissen herauszuholen und mit „Eva" zu
teilen, wollte er wohl lieber in die zwei Äpfel
von dem „drei B Typ" beißen. Und diese „Eva"
hatte wohl nur so fleischliche Gelüste im Auge,
oder in den Händen. Genaueres weiß man nicht.

Möglicherweise meinte sie damit wohl unsere Fleischpasteten?"

„Nein, Wilhelm, sie meinte nicht unsere fleischlichen Köstlichkeiten, ich glaube, sie wollte an das Fleisch vom „Adam" ran. Ehrlich gesagt, ich habe nicht die geringste Ahnung, was die „Eva" da eigentlich mit dem Fleisch vom „Adam" machen wollte.

Ein sehr, sehr vergeistigter alter Herr, mit einem großen, grauen Bart, hat diese Fummeleien, und noch so andere komische Versuche ziemlich übel genommen, und soll sie beide flugs aus dem schönen Garten verscheucht haben."

„Ich sage dir Friedhelm, wenn der Adam gewusst hätte, was für Wonnen unsere Picknickleckereien für Leib und Seele bringen, hätte er sich bestimmt nicht so an Eva zu schaffen gemacht, und sich mehr den genüsslichen Inhalten unseres Korbes gewidmet. Du kennst ja sicher das alte Sprichwort: "Liebe geht durch den Magen."
Nachdenklich spricht Wilhelm weiter.

„Weißt du, Friedhelm, unsere Geschichte zeigt, dass die Menschen einsichtiger geworden sind. Sie haben unsere wahren, „inneren" Werte erkannt, und mehr und mehr greifen

nach unseren kulinarischen Spezialitäten.
Besonders die „Griechen" und die „Römer"
verhalfen uns Picknickkörben zu großem
Ansehen.

Der richtige Durchbruch gelang uns allerdings erst sehr viel später. Ich glaube, es
nannte sich „Viktorianisches Zeitalter." Die
Menschen in Großbritannien wollten ohne
uns nicht mehr ins Grüne gehen. Mal raus aus
der engen Behausung, dem Lärm und dem
Großstadtmief. Einmal wieder richtig gut
und genüsslich essen, plaudern und die Natur
mit ihrer wunderbaren frischen Luft genießen.
Für uns Picknickkörbe kann es nur besser
werden."

„Pst, Wilhelm, da kommen Kunden.
Bestimmt gehen wir beide gleich auf Reisen."
„Tschüß, Friedhelm, vielleicht sehen wir uns
bald wieder."

Das außerirdische Wesen

Der Tag fing schon sehr ungemütlich an. Schon am frühen Morgen wollte nichts richtig klappen.

Manchmal wird ein Tag, der schlecht beginnt im Laufe der Stunden noch ganz erträglich.
Heute nicht, es wurde immer schlimmer. Der Abend versprach schließlich alles in den Schatten zu stellen.
Es war zum Verzweifeln.
Helmut ist einem Nervenzusammenbruch nahe, und Helga, seine Frau ist, obwohl schon später Vormittag, nicht aus dem Bett zu kriegen.
Der gestrige Bierzeltrausch war doch eher harmlos, und normalerweise ohne Folgen.
Sonja, Helgas Mutter bemühte sich in der Küche um das Frühstück.
Für den heutigen Tag ist ein gemeinsamer Besuch auf der Antiquitätenmesse im Ort geplant.
Verzweifelt bemüht sich Helmut mit allen bekannten und nicht bekannten Tricks, Helga zum Aufstehen zu bewegen. Treppe runter, Treppe rauf, laute Musik, verlockende Kuchen- und Brötchendüfte und ähnliche Muntermacher, nichts half sie aus dem Bett zu locken!
In seiner Verzweiflung zog er ihr mit einem kräftigen Ruck kurzerhand die Bettdecke weg, und schreit:
   „Helga, aufstehen, sofort!"
   „Lass mich in Ruhe schlafen, du Nörgelgeist."
   „Nichts da, der heutige Antiquitätenmarkt ist

bereits im vollen Gang, jedenfalls so Wolfgang, der vor wenigen Minuten anrief, und fragte, wo wir denn bleiben?"

„Ach herrje! Oh nein! Das habe ich ja völlig vergessen, ich will doch einen alten Spiegel kaufen."

„Na eben!"

„Ich bin gleich unten!"

Ruft sie noch, und verschwindet flugs im Bad.

Nach einem schnellen Frühstück, sind beide auf dem Weg zum örtlichen Marktplatz, um mit Wolfgang einen Verkaufsstand für alte Spiegel zu suchen.

Nach langem stöbern sehen sie ein altes, graues Zelt stehen.

Schon am Eingang überkommt sie alle Drei so ein eigenartiges und mulmiges Gefühl, als ob sie in eine andere, längst vergangene Welt gehen würden. Es roch nach Weihrauch, nach Myrre und auch ein wenig nach alten Tischen und Regalen.

Besonders beleuchtet ist das Zelt auch nicht, denkt Helmut noch so nebenbei, als urplötzlich, wie aus dem Nichts, ein älteres verhutzeltes Männlein auftaucht. Der erste Eindruck soll immer der beste sein, überlegt er mit düsteren Gedanken.

Möglichst unbemerkt schubst er Helga leicht von der Seite an, und meinte so ganz nebenbei, dass ein sofortiges, gemeinsames Weißwurstessen in einem Bierzelt auch nicht so schlecht wäre?

Helga scheint gar nicht mehr ansprechbar. Wie unter Hypnose, taumelte sie dem Wurzelzwerg hinterher, der, wie paralysiert, vor einem alten Spiegel stehen bleibt. Das Alter dieses Spiegels kann man wirklich nicht einschätzen, so uralt sieht der schon aus. So oder so, etwas mysteriös wirkt er schon auf seine Umwelt. Das Spiegelglas ist nicht mehr so ganz neu, und es strahlt leicht fluoresziert irgendwie unnatürlich, trotz der schlechten Beleuchtung kann man das gut erkennen.

Scheinbar unbemerkt geschieht etwas Befremdliches! Sobald sich Helmut dem Spiegel bis auf wenige Schritte nähert, entsteht im Inneren des Spiegelglases ein eigenartiges, rhythmisches Leuchten, als ob er eine Botschaft überbringen will. Es verschwindet wieder, wenn Helmut seinen Abstand zum Spiegel vergrößert.

Helga ist so fasziniert, dass sie wie versteinert stehen bleibt. Mit Erstaunen hört sie das kleine Männlein sagen -

„Dieser Spiegel ist unverkäuflich!"

Helga sieht man die Enttäuschung an, gefallen würde ihr der alte Spiegel schon, es ist halt eine Frage des Preises.

Derweil schiebt der ergraute Wichtelzwerg, Helmut so unauffällig wie möglich wieder näher an den Spiegel heran. Immer kürzer wird der Abstand.

Plötzlich flammt ein grelles, gespenstisches Leuchten auf, und erhellte das ganze Zelt.

Helga und Wolfgang fallen wie vom Blitz getroffen zu Boden, Gott lob, beide bleiben unverletzt liegen.

Nach wenigen Minuten haben sie ihre Kräfte wieder beisammen, und sie können aufstehen.

Helgas Schrei hallte durch das Zelt, und ist sicher im Nachbarort noch zu hören, so laut und schrill ist er.

Völlig verkrampft zeigen ihre Hände auf die Stelle, wo der Spiegel stand, natürlich auch Helmut und das Hutzelmännchen.

Alles weg! Keine Spur mehr von Helmut, schreit Helga entsetzt!

Aber das gibt es doch gar nicht! Haucht sie leise, völlig verstört. Das gibt es doch nur im Kino, oder in so komischen Geisterromanen!

> „Los, Wolfgang! Wir müssen sofort zur Polizei! Hier ist etwas faul, aber so richtig faul!"

Helmut eilt zwischenzeitlich mit einer ständig schneller werdenden Fluchtbewegung durch einen dunklen, scheinbar unendlich großen Raum.

Weit vor sich nimmt Helmut eine Helligkeit wahr, die schnell größer wird, und ihn zunehmend einhüllt. Es blendet überhaupt nicht, wundert sich Helmut, schon sehr eigenartig - und überhaupt, was mache ich hier, und wie komme ich hierher, und wo soll das noch hingehen?

Ich wüsste schon gern, was ich hier soll?

Wo ist das Zelt mit Helga und Wolfgang? Noch bei diesen Gedanken verharrend, öffnet sich in dem hellen Licht, wie von Geisterhand, ein großer durchsichtiger Raum.

Na, dass wird ja immer unheimlicher hier.

Der Spiegel, mit dem eigenartigen Verkäufer müsste doch auch hier irgendwo sein? Vielleicht kann dieser Wurzelzwerg meine Fragen beantworten, wo steckt er nur? Na, vielleicht hat er nichts damit zu tun, möglich ist das ja.

Ein sanfter Schlag auf Helmuts Schulter, lässt ihn erschrocken herumfahren.

Da steht der Tunichtgut von einem Spiegelverkäufer und fixiert Helmut mit seinen Augen, als ob er bis in die tiefsten Winkel seiner Seele schauen will.

Sehr, ernst kommt es von seinen Lippen -

„Du wirst noch eine Weile bei deiner Familie verbringen, dein Kommen ist noch zu früh!

Wenn wir uns Wiedersehen, sollte dein Bewusstsein reinen Geistes sein.

„Entschuldige bitte, was meinst du damit?"

„Schon deine Frage beweißt deine Unreife.

Überlege dir ruhig und gründlich, warum du auf der Erde lebst, was der wirkliche Inhalt deines Lebens sein soll und richte dein Verhalten und das deiner Familie daran aus."

Ein ziehender Schmerz durchrast Helmuts Körper, und lässt ihn ohnmächtig werden. Als er wieder zu sich kommt, steht er neben Helga und Wolfgang.

„Der Vorschlag zum gemeinsamen Weißwurst-
essen steht noch."
Kommt es noch etwas verwirrt von Helmuts Lippen.
Helgas Erleichterung darüber, dass ihr Helmut heil und offensichtlich auch gesund wieder hier bei ihr ist, kann man ihrem Gesicht leicht ablesen, und die Neugier darüber, wo er wohl gewesen sein könnte, sieht man ihr auch an.

Im Stillen denkt Helmut, dass dieser Abend für alle auch anders hätte enden können.
Was wäre geschehen, wenn sein Bewusstsein reinen Herzens gewesen wäre, und er sich in seinem bisherigen Leben von allen Gedanken der Gier, des Neides und des Hasses befreit hätte, und zwar für immer!

Ist das die Wahl die er hat. Reinen Herzens und in einer anderen Welt, oder noch nicht rein, aber dafür bei seiner Helga – schwierig – sehr schwierig.
Obwohl - gehen muß er einmal von dieser Erde. Bleibt die Frage für ihn – wie wird er sie verlassen, diese schöne und liebenswerte Erde, und wohin geht er dann, und zwar für immer.
Wo sein toter Körper einmal sein wird, das weiß er, im Familiengrab, das ist sicher.

Wohin wird sich sein Geist, sein Bewusstsein wenden?

Lustig sind solche Gedanken wirklich nicht! Hi und da werden sie ihn wieder besuchen, und eine Antwort fordern.

Reisefreiheit

„Guten Morgen, Liebling, gut geschlafen?
Was gibt's zum Frühstück?"
 „Na, du bist ja gut, wie immer, was sonst?

Stell dir vor, wir haben einen dicken Brief mit Ur-
laubsgrüßen von deinem Onkel aus München er-
erhalten."
„Ach nein, wo war er dieses Mal?"
„Die beiliegende Karte ist aus Toronto in Kanada.
Beneidenswert Doris, dein lieber Onkel, wirklich
beneidenswert, Sommererlebnisse an den Niagara-
fällen, würden wir zwei auch gern genießen, wenn
es, ja wenn es für uns nicht so teuer wäre, und wenn
man uns ließe. Irgendwie, so glaube ich jedenfalls,
Doris, wurden wir im falschen Land geboren. Wieso
ausgerechnet in Dresden, hätte ja auch München
sein können. Irgendwie muß sich der Klapperstorch
bei unserer Geburt verflogen haben.

Apropos Reiseneid, im DDR Jargon heißt das
ja Reisefreiheit. Du arbeitest doch in der Lei-
stungsschmiede unserer Vorzeigeathleten."
„Ja, wenn ich Leistungssportler wäre, dann
könnten wir zwei auch mal in die weite Welt
fliegen, aber so plane und verwalte ich nur die
Auslandsreisen unserer Rekordschwimmer."

„Reisefreiheit, dass ich nicht lache, Doris! Das inhaltslose Gerede über die so genannte Reisefreiheit kann ich schon nicht mehr hören. Weißt du was ich jetzt machen werde?"

„Nein, Ralf, weiß ich nicht!"

„Ich werde so tun, als ob ich deinen Onkel aus Senegal anrufe, obwohl wir hier in Dresden gemütlich frühstücken.

„Ach nein, und wie willst du das bewerkstelligen?"

„Wir haben doch ein Telefon mit Selbstwählfernverkehr nach München, wenn ich ihn anrufe, kann er an dem Gespräch nicht erkennen woher ich anrufe. Eine Urlaubskarte aus dem Senegal können wir ihm allerdings nicht schicken."

„Das stimmt! Sag mal Ralf, hast du heute deinen scherzigen Moment?

Was willst du meinem Onkel erzählen, wir kennen doch Senegal nicht?"

„Keine Sorge, Doris, ich habe den Reisebericht der Leistungsschwimmer gelesen, die im vergangenem Jahr dort im Trainingslager waren, das dürfte reichen, den Rest überlasse ich meiner Phantasie. Wolln wir doch mal sehen, ob er etwas merkt, oder ob er mir die Grüße abnimmt?"

„Gut, es ist ja mein Onkel, so wie ich ihn kenne, wird er, sollte er es merken, ein Auge zudrücken.

Ich werde zu meinen Eltern fahren, und beim Sonntagsbraten mithelfen, und sei bitte pünktlich zum Mittagessen da!"

„Ja gut, bis später, Doris!"

„Nein Ralf, nicht bis später, bis dreizehn Uhr!"

So, da werden wir doch mal aus dem sonnigen Senegal anrufen. Aber wer ist so verrückt und fliegt im August nach Senegal? Wenn es bei uns schon so warm ist, wie heiß ist es dann dort? Ach egal, wir haben halt die Reise für diese Zeit buchen können, andere Termine gab es nicht.

Also los geht's! Nummer wählen, hoffentlich ist er zu Hause!

„Hallo, bonjour, Onkel Helmut, comment allez vous."

Hallo, Ralf, guten Tag, bist du das? Hast du dich für einen Sprachkurs für die französische Sprache angemeldet?"

„Nein, Onkel Helmut, ich bin mit Doris für vierzehn Tage nach Senegal in den Club Aldiane geflogen. Wir sind schon eine Woche hier, und die Amtssprache ist französisch."

„Ach was? Wie habt ihr denn in der DDR die Reise bekommen, ich denke bei euch kann man ohne einen gewissen politischen Status nicht ins westliche Ausland fahren?"

„Aber, Onkel Helmut, du darfst nicht alles glauben, was bei euch in der Presse steht. Wie du siehst, geht es ja. Stell dir vor, Doris konnte endlich ihren Traum wahr machen, und einmal mit einem Araberpferd in die Savanne ausreiten. Allerdings war das Ende ihres Ausrittes sehr schmerzhaft. Dieser liebestolle Hengst bemerkte eine Stute, und wollte mit ihr anpendeln. Dabei stürzte Doris vom Pferd und verletzte sich. Es kommt noch schlimmer! Als sie im Jeep saß, um in das nächste Krankenhaus gebracht zu werden, galoppierte dieser Hengst in Richtung Auto und donnerte seine Vorderfüße mit voller Wucht durch die Seitenscheibe, als ob dieser wild gewordene Heißblütler noch im Nachhinein auf das vermasselte Liebesabenteuer mit der Stute sauer auf Doris war. Das hätte schlimm ausgehen können. Ich glaube nicht, dass sie noch mal auf einem Hengst reiten wird. Das nächste Mal wird sie einen Wallach wählen. Gott sei Dank, hat sie nichts gebrochen, und muß im Krankenhaus nur ambulant behandelt werden.

Das Essen ist sehr gut, und die im landesüblichen Stil gehaltenen Zimmer sind sehr gemütlich, leider ohne Klimaanlage.

Was uns beiden nicht so gefällt, sind die kargen Landschaften. Alles ist staubtrocken, hie und da ein Regenguss würde in der Natur Wunder bewirken."

„Also Ralf, ich verstehe das nicht. In den Mo-
naten Juli bis September ist doch in Senegal
Regenzeit, jetzt im August müsste es fast
jeden Tag regnen.
Hallo, Ralf, bist du noch am Telefon?"
„Hallo, Onkel Helmut, ich kann dich nicht
verstehen, die Verbindung ist sehr schlecht."

Wie so oft zwischen der DDR und BRD. Vermutlich
haben sich Leute in Uniform von der Firma „Horch"
und „Guck" mal so locker zwischengeschaltet, denkt er
ärgerlich, und andererseits auch froh darüber, denn
langsam kommt er mit seinen theoretischen Reiseer-
lebnissen gegenüber Onkel Helmut, ganz erheblich in
Erklärungsnot.

„Ich versuche es später wieder."

Das war knapp! Morgen werde ich ihn anrufen, oder
einen Brief schreiben, und mich für unser Fernweh
und für unseren Reiseschmerz entschuldigen.
Bestimmt wird er unsere große Sehnsucht nach fer-
nen Ländern verstehen, und mit einem Lächeln im
Gesicht mein „Telefonat aus dem Senegal" schnell ver-
vergessen.

Die liebe Schwiegermutter

Ein Großwildjäger bekommt Besuch von seinem langjährigen Freund Hans - Georg.

Stolz führt er ihn in seinen Trophäenraum, und präsentiert ihm seine besten Stücke.

Sein alter Jagdfreund schaut sich alles der Reihe nach an, und bleibt vor einem Menschenkopf entsetzt stehen.

„Da hängt ja das Haupt einer Frau, und lächeln kann sie auch noch!"

„Ja, das ist der Kopf meiner Schwiegermutter, sie hat bis zum Schluss geglaubt, dass ich sie fotografiere."

„Ach nein!"

„Aber ja!"

Ja, ja – immer diese saublöden Schwiegermütterwitze. Ich weiß nicht, was das alles soll. Ich vertrage mich mit meiner Schwiegermutter bestens.

„Ach was!"

Wundert sich meine innere Stimme.

„Aber ja!"

Antworte ich ihr wahrheitsgemäß.

„Wohnt sie denn bei dir, oder in der Nähe von dir?"

„Nein - in Australien,"

„Ach so!"

Manchmal sind sie schon sehr skurril, diese Sprüche, nehmen allerdings nicht selten auch die Gestalt von Gerüchten an.

Wie sagt der altgriechische Dichter Hesiod (700 v. Chr.) „Ein Gerücht verstummt nie völlig, wenn es viele Leute weiterverbreiten."

Auf der Lithografie „Das Gerücht" (von A. Paul Weber 1943/54) lässt sich das prima bewundern.

Worum geht es in so einer Beziehung eigentlich? Natürlich um das leidige Familienspiel ohne irgendwelchen festen Regeln.

Kann man mit seinem Verstand und seinem Herzen, und natürlich auch mit ständigen Übungen darin, seine Schwiegermutter besser verstehn um mit ihr besser auszukommen?

Ich versuche das jeden Tag, glauben sie mir. Oder wollen sie sich ständig ärgern, und sich gängeln und verschaukeln lassen – kurz, sich ständig mit ihr anlegen, Tag und Nacht?

Ich weiß was ich sage! Wohlgemerkt, wir reden hier von einer Frau, die dem Alter angemessen, noch körperlich und geistig fit ist, also kein Pflegefall rund um die Uhr.

Oder möchten sie wie ich und meine Frau gut mit ihr auskommen? Ich sage ihnen – ganz im Vertrauen – eine höchst schwierige Aufgabe.

Meine Frau, also die Tochter meiner Schwiegermutter, hat es da nicht so leicht – verständlicherweise. Mutter und Tochter, diese enge Beziehung kann man nicht einfach wegzaubern.

Die in dem täglichen Ablauf eingreifenden Probleme und das Zusammenleben konfliktfrei und harmonisch zu gestalten, ist nicht so einfach, wie das auf dem ersten Blick möglicherweise erscheinen mag, beileibe nicht.

Stellen sie sich vor, sie liegen in später Abendstunde mit ihrem Herzblatt auf dem Sofa, oder haben sie mal so ganz flott auf den Kühlschrank gehoben. Im Fernsehen kommt gerade nichts, was einem vom Hocker reißen könnte, oder es ist der Lieblingsmittwoch, egal, sie haben mit ihrem Schatz was vor, bei der eine dritte Person nicht unbedingt zusehen sollte.

Sie sind eben dabei, sich durch den Bademantel ihrer Frau zu wühlen um – na, wie das alles weitergeht oder gehen soll, kennen sie ja selber.

Mit einem eigenartigen und warnenden Achtungsruf ihres Unterbewusstseins hören und spüren sie, dass sie mit ihrer Herzallerliebsten nicht allein sind – und tatsächlich!

Mit einem völlig unschuldigen Gesicht steht unerwartet die Schwiegermutter am Zugang zur Essecke, und fragt auch noch, ob sie stören würde, sie brauche aber vor dem Schlafengehen noch dringend einen Kaffee.

Sagts, und geht gelassen in die Küche.

Das was sie eben vorhatten, bricht in sich zu sammen.

Im wahrsten Sinne des Wortes – der Abend ist futsch,

unwiderruflich futsch, da hilft auch keine Flasche Rotwein, oder zärtliches Zureden weiter.

Und so könnte man die Wirrungen des gemeinsamen Zusammenlebens mit deutlich krasseren Erlebnissen fortsetzen, aber warum sollte ich das hier, sie kennen sicherlich selbst einige davon.

Wie kann man diesen schwierigen Konflikt, der sich durch das gemeinsame Zusammenleben nicht vermeiden lässt, für beide Seiten vernünftig lösen?

Beide Altersgruppen haben dafür im Laufe ihrer Entwicklung ein ausgefeiltes Instrumentarium entwickelt, und sie setzen es, wenn es darauf ankommt, mit aller Macht ihrer Instinkte ein – oft ohne sich dessen darüber richtig bewusst zu sein.

Das ist so, und das kann man auch, ob man will oder nicht, mit den besten Vorsätzen nicht ändern.

Zwei Wahrheiten zu diesem heiklen Thema:

Die „Jüngeren" und ihre Kinder, also die junge Generation, bemühen sich, die ablaufprozessualen Tagesvorgänge des täglichen Lebens zu besprechen, zu organisieren und, so möglich, zu lösen.

Der Schwerpunkt liegt auf den „täglichen Dingen" und „aktuellen Problemen".

Die im Haus herumgeisternden „Alten" leben bei ihrer täglichen Kommunikation ständig in ihrer Vergangenheit als Grundlage ihrer gemeinsamen Unterhaltung mit den „Jungen", auch wenn die sich alles schon viele Male anhören mussten, und die Inhalte bereits auswendig kennen.

Auch ein gemeinsames Zusammenwohnen erfordert von beiden Seiten ein gerütteltes Maß an Rücksicht. Möchte man doch meinen wollen – oder?
Die kann man auch eine zeitlang aufrechterhalten; irgendwann geht der Rücksichtnahme allerdings die Puste aus, glauben sie mir.
Ich habe fünfzig Familien befragt. Das wichtigste Resultat daraus ist nicht ideal, aber es erhält den Zusammenhalt der Familie mit der Schwiegermutter.

Die Lösung des Problems ist für beide Seiten relativ einfach.

Es gibt grundsätzlich zwei getrennte Haushalte, und der Frieden in der Großfamilie ist wieder hergestellt, andernfalls droht Krieg, und das muß ja nicht unbedingt sein – oder?

Der Autor

Dietmar Dressel, geboren im September 1941 in Sachsen Anhalt, verheiratet, zwei Kinder. Beruflich tätig in Leipzig, Moskau und München im Bereich Wirtschaft/Unternehmensberatung - in Pension.

Er lebt gern mit und für die Familie. In seinem Garten bemüht er sich emsig Feigenbäume zu züchten, allerdings mit mäßigem Erfolg.

Bücher mit Inhalten wie bei Noah Gordon, (der Medicus) und Jostein Gaarder (Sofies Welt) beflügeln seinen Geist. Eigentlich ist er gern ein Zahlenmensch, und liebt das Rationale.

Was ihn natürlich nicht abhält, die Tiefen der Seele zu ergründen, das Glück und den Schmerz seines Herzens mit allen Fasern zu fühlen, und der sehr, sehr leisen Stimme des Bewusstseins, wenn die Zeit dafür da ist, zuzuhören.

Dietmar Dressel

*Tage die das
Leben verändern*

Die Erzählungen in diesem Buch sind frei erfunden.
Die glücklichen und schrecklichen Erlebnisse der
einzelnen Protagonisten sind eine Verschmelzung von
möglichen Erlebnissen.
Die Handlungen sind eine Momentaufnahme, die in
ihrer Tiefe des Erlebten, die Personen bis an die
Grenze ihrer physischen und psychischen
Leistungsfähigkeit bringen.
Wo keine Aufzeichnungen und glaubhafte
Informationen vorlagen, oder die Sachlage unklar war,
habe ich meine Phantasie zu Rate gezogen.
Alle kleinen Fehler der Geschehnisse aus Zeit und Ort,
die ich mich bemühte nachzuzeichnen, gehen zu
meinen Lasten.

Dietmar Dressel

Ein riskanter Aufbruch

Die DDR in den siebziger Jahren. Viele führende Politiker leben in Saus und Braus. Die Stasi und der Polizeiapparat sorgen mit den dazu passenden Einrichtungen für Angst, Terror und Gewalt, schlimmer als die Inquisition im Mittelalter. Die Denunziation der Menschen untereinander blüht in allen Farben, die Masse des Volkes bedient sich hemmungslos am Volksvermögen und verweigert zunehmend die Arbeits- leistung. Die Wirtschaftsleistung und die Staatsfinanzen werden nur noch durch den Verkauf von Menschen, und durch die massive, wirtschaftliche und finanzielle Unterstützung der BRD aufrechterhalten und abgesichert.

Der Untergang dieses Systems in der DDR ist bereits erkennbar, und viele Bürger sind verzweifelt auf der Suche, einen Ausweg für sich selbst und ihre Familien zu finden. Zwei junge Menschen lernen sich kennen, verlieben sich und wollen ihr gemeinsames Leben in einem Land verbringen, in dem sie frei von politischen Zwängen sind. Was die beiden auf diesem sehr gefährlichen Weg erleben

und erleiden müssen, ist die Hölle und das Grauen an sich.
Verwundet und schwer verletzt an Seele, Geist und Körper,
erreichen sie nur mit großen Mühen ihr Ziel.
Das Buch verspricht viel hochgradige Spannung, in einer
Atmosphäre voller Liebe, Schmerz, Leid und Hoffnung.

www.dietmardressel.de

Mehr Informationen unter:
BoD Verlag
www.bod.de

Der Mönch
und der Bader

Deutschland zum Ende des achtzehnten Jahrhunderts.
Zwei erwachsene Menschen, ein noch junger Mönch, und
ein in die Jahre gekommener Bader, erleben hautnah und
zum Teil selbst in den Handlungen eingebunden, eine Zeit,
in der es den Menschen sehr schlecht ging, und die
Gelegenheit zum Lachen auf einem engen Raum begrenzte.
Durch Krieg, der menschenverachtenden Raffsucht des
Adels, der Kirche mit ihren Gesetzen, die jeden neuen
Ansatz zur Verbesserung der Lebenslage der Menschen,
sowohl materiell als auch ideell im Keime erstickten, und
mit so genannten Gottesurteilen, dem Scheiterhaufen und
der Folter durch die Inquisition, wurde den einfachen
Menschen, besonders von denen auf dem Land, das Leben
unsäglich schwer gemacht.
Gott hat ja die Menschen nicht des Leidens und des
Sterbens wegen geschaffen - ganz sicher nicht!
Die Oberschicht des Landes sperrt sich vehement gegen jede
Art von geistigem und materiellem Fortschritt, es sei denn

sie sind einzig und allein die Nutznießer dieser
Veränderungen.
Das Buch verspricht viel Spannung, in einer Atmosphäre
voller:
Schikanen, sadistischem Missbrauch des Glaubens, Angst
vor Folter und Todesqualen, Liebe, selbstloser Hilfe,
unerträglicher Schmerzen, körperlichen Leides und
zaghafter Hoffnung auf Besserung.

www.dietmardressel.de

Mehr Informationen unter:
BoD Verlag
www.bod.de

Dietmar Dressel

Der Medicus und die Nonne

Historischer Roman

Deutschland am Anfang des neunzehnten Jahrhunderts.
Der Medicus und die Nonne ist eine frei erfundene Geschichte, und eine Fortsetzung des Romans: „Der Mönch und der Bader".
Der Roman ist ein Werk der Phantasie, und nicht ein Ausschnitt aus der wirklichen Geschichte. Von den erwähnten Personen lebten nur: Napoleon, der Herzog von Braunschweig. Marshall Davout, Graf Montgelas, Friedrich der Dritte - die Generäle: Hohenlohe, Rüchel und Kalckreuth. Friedrich von Schiller und Wolfgang Johann von Goethe.
Alle anderen Namen sind frei erfunden, und rein zufällig gewählt.
Vieles von der Atmosphäre der Kriegsereignisse um 1806 ist verloren gegangen. Wo keine glaubhaften Aufzeichnungen vorhanden waren, habe ich meine Phantasie zu Rate gezogen.

Nikolas, der Mönch, erschüttert von dem kriegsbedingten, furchtbaren Leid der Menschen, kann dem Kloster nicht mehr dienen, versucht sein Glück im weltlichen Leben zu finden und trifft Hilde.
Katarina, am Ende ihrer Kraft, sucht ihr Heil im Kloster, und hat den Wunsch Nonne zu werden.
Zusammen mit Ferdinand, dem Medicus, erfährt sie das tiefe Glück der Liebe.
Das Schicksal will es so, dass sie eine andere Aufgabe erfüllen soll,
die sie in Lynhart suchen muß.

www.dietmardressel.de

Mehr Informationen unter:
BoD Verlag
www.bod.de

Dietmar Dressel

Der Planet Venus und seine Kinder

Fantasy Roman

In diesem Roman lesen sie etwas über die Schöpfung, oder Gott, wie manche auch dazu sagen. Wie entstand sie, und wo existiert sie? Unser Universum - ist es endlich?
Was hat es mit den „guten" und mit den „bösen" Seelen auf sich? Gibt es dafür jeweils ein Universum? Und wenn ja, was erleben sie dort? Oder ist das alles nur eine Illusion, und wir liegen nach unserem Tod vier Meter tief in der Erde, und sind ein Festmahl für die Würmer? Nur – was ist, wenn wir wirklich als geistige Wesen in einem anderen Universum weiter leben?
Was ist nach dem Urknall passiert? Venus, ein kleiner Planet am Rande einer Galaxis, entwickelt sich gut, was man von seinen denkenden Zweibeinern nicht sagen kann. Sie raffen, was sie raffen können, sind neidisch bis zum abwinken, und bringen sich mit dem Feuer der Sonne, grausam gegenseitig um.

Am Ende gelingt es einer kleinen Gruppe von ihnen auf der Erde zu landen, die noch in den Anfängen einer ganz einfachen, menschlichen Entwicklung steckt.

Was werden die wenigen klugen Venusianer mit ihrem Wissen unternehmen? Wollen sie den Erdbewohnern dabei helfen, sich friedlich zu entwickeln, oder wird die Abschlachterei von neuem beginnen? Lesen sie das im II.Teil der Trilogie:

„Der Zweck unseres Lebens"

Dem Autor gelingt es, trotz der schwierigen Thematik, glaubhaft und spannend eine fantastische Geschichte zu erzählen.

Es werden möglicherweise auch viele neue Fragen auftreten, was der Autor so sicherlich auch beabsichtigt hat.

www.dietmardressel.de

Mehr Informationen unter:
BoD Verlag
www.bod.de

Dietmar Dressel

Der Zweck unseres Lebens

- oder - warum sind wir hier

Eine Kleinstadt am Fuße des Bayerischen Waldes ist der Ausgangspunkt für eine ungewöhnliche Begegnung mit "ES" – einem Geistwesen aus dem Universum von Cosyma. Als geistiges Bewusstsein, dessen Körper auf der Erde verweilen muß, erfährt Helmut, ein Erdenmensch, wie es ihm gelingen wird, die geistige Energie in sich zu bündeln, um den richtigen Weg nach seinem körperlichen Tod zu finden.

Jasmin, seine verstorbene Tochter, die er auf der Venus trifft, erzählt ihm ihre schrecklichen Erlebnisse.

Mit einem weiteren Bewusstsein aus einem Kloster aus dem Gebiet des Himalaja und „ES" dem Geistwesen, unterhalten sie sich über die Geschichte von Religionen. Wie und wann entstanden sie? Wer sind ihre Initiatoren gewesen, und welche Ziele verfolgten sie damit.

Was geschah mit der kleinen Gruppe von Venusianern, die auf der Erde landeten? Wie haben sie die Geschicke der Erde beeinflusst, und was wurde aus ihnen.

Warum sind wir hier, und wie finden wir den Weg in eine andere Welt?

Was wird uns dort erwarten, wenn wir ankommen?

Lesen sie das im Teil III der Trilogie:

„Unser Weg in die Ewigkeit"

Dem Autor gelingt es, auch im zweiten Teil seines Fantasy Romans, die Spannung sehr hoch zu halten. Es wird dem Leser schwer fallen, das Buch aus der Hand zu legen.

www.dietmardressel.de

Mehr Informationen unter:
BoD Verlag
www.bod.de.